五行歌集

また明日《あした》

SORA

そらまめ文庫

目次

はじめに　SORAさんの懐　間中淳子　4
あるといいな　五行歌のうた　7
猫達もウトウト　15
父はへへと笑うだけ　27
先生の話をしよう　47
まだ七八歳です　67

私のステイホーム 85
チョコよりあずきアイス 91
女優のように 95
通せんぼ 113
転ぶ練習しよう 129
跋 草壁焔太 141
あとがき 144

はじめに

SORAさんの懐

読売・日本テレビ文化センター五行歌柏教室講師

間中淳子

SORAさんとの出会いは十数年前、よみうりカルチャー柏でのことだ。小柄で柔らかな物腰のSORAさんは、一枚のメモを手渡してくれた。

階段と
車の窓に
蜘蛛の糸が一本
通せんぼ
したのね

私は驚きと同時に何と懐の深い歌だろう、と感銘を受けていた。聞けばこの歌はSORAさんが初めて作った五行歌だと言う。

〝えっ?! もうこれじゃ講師として何もすることないじゃん! 反対にこんなにも心に響く歌どうやって出来るのか教えてほしい!〟

私はそう言いたい気持ちをぐっと堪えたのを覚えている。

実はSORAさんが入会するまで、この講座は二、三年休講状態だったと思う。そのブランクの直後のいわば先制綿菓子パンチに私はすっかりやられてしまったのだ。

防犯パトロールの日
警察手帳見せて
お供させて下さいと
後一年で退職ですと
お巡りさん

ＳＯＲＡさんとお巡りさんで紡いだ短編小説だ。おそらくこのお巡りさんは、ＳＯＲＡさんの懐にふわっと乗ってしまったのだろう。

ＳＯＲＡさんの歌には鋭い批判が見当たらない。また同時にそうした歌への感想も、批判に同調することなくその内側にある誠実さに焦点を当てて伝えてくれる。ＳＯＲＡさんはきっと怒りの内側を掬ってその懐に包んでくれる人なのだ。

あるといいな

五行歌のうた

いい歌は
みんなまぐれと
私の
詠んだ歌にも
あるといいな

かとおのかずこさん
歌会の帰り
同じ車両に乗り合わせたので
お声をかけましたお元気で
いつの日にか市川歌会に

熊本の大地震昨夜から
一日中テレビをつけっぱなしで
九州五行歌人の皆さん
全員がご無事でと祈ります
千葉の空から

この頃の私
書けないから
やめ時かなと
作品評に載った
もう少し書いて

掃除してたら
言葉が浮かんだ
階段を降りたら
言葉が消えた
あ――あ

あなたの笑顔
優しさに
電車にゆられて
会いに行きます
のだ歌会に

新聞記事で
五行なら私
飽きずに
続くかなと
自信作はまだ

暫く休んでた
三行日記を
水源純さんの歌
まだ知らない青を
読んでから書こう

ニワトリがいない
おじさんのお腹に
泣きながら書いた作文
先生に褒められて
今は五行歌書いてます

小春日和は冬の季語
落ち葉は原稿用紙
枯葉は、ハラハラと
落ちながら拙い歌でも
書けば詩人の私

猫達もウトウト

道を挟んだお隣の
百日紅日毎に満開に
ピンクの花見ながら
時々ベッドで私と
猫達もウトウトと

昼寝から起きたーと
キャキャと
本読んでる私めがけて
走って来る
仔猫のさくら

空はご飯食べると
大きな声で鳴く
トイレが終わったと
大きな声で鳴く
二十一歳の夏

春一番吹いた
猫と遊んでないで
図書館に行って
そろそろ頭を
目覚めさせよう

一番の暴れん坊が
あの地震の日に
ベッドに三日も隠れて
ご飯食べずに震えてた
猫のまる

パソコン打つのを
隣でじっと見てる
時々そっと
手を出して押して見る
猫のさくらは

人感センサーパッパッと
ネコちゃんでも点いたから
テーブルに一緒に座ってる
皆不思議そうな顔してる
今日のコボちゃん漫画

そとねこのぼく
かいしゃのひとに
ごはんもらい
いまのおうちにきて
そらとなまえついた

猫は買わずに拾う時代と
野良猫の拾い方の本が
我が家は元野良猫だらけ
皆仲良く元気に暮らして
全部猫、猫の部屋になり

猫病院に入院中の空
窓にへばりついてジャクが
さくらも心配顔で
何度も空のベッドを
上り下りしてる

飼い主が
旅で使ってた
スーツケースが
今は僕のベッドだ
夢で旅に行くにゃんです

雨戸を開けて
網戸越しに
雨音見てる
真夜中の
猫三匹と私

台風で
風がうねっている
外は見れない
子猫は怖いと
走り回る

ラジオ聴きながら
寝てしまった
ダ～レだテレビの
スイッチ押したのは
ネコ達寝たふり

在宅勤務です
私がポチっと
猫の桜でした
ごめんにゃん
母は無職です

空君灯油の音楽なると
急いで隠れて出て来ない
おじさんのダミ声が嫌みたい
ストーブ大好きな空君
おじさんまだ二回来るからね

愛ご飯食べない
病院へ行く検査し
点滴して注射して
人間と同じように
予約した日が大雨で

段ボールの中に
二匹の子猫タオルに
くるまれて鳴いていた
幸は二年前に逝き
愛十八歳頑張ってます

ストーブが点くと
前の席は姉猫で
後ろの席は弟で
外猫だった二匹は
いつも並んでいる

十年前は
猫通りと呼ばれ
車は歩く速度で
今はおばさん通りと
ニャンコはお家で

一年の計は元旦に
目標なんてないが
猫13匹の世話をして
猫と病気しないで
元気で遊んでいようね

父はへへと笑うだけ

母が考えた名前
戸籍に記帳する時に
妹たちの名を
私の名前も変えたのと
聞くと　父はへへと笑うだけ

電話しないで
そっと玄関開けて
父と母を訪ねた
二人の後姿に
涙が出た帰り道

朝起きると必ず
眉を引く
まだら痴呆の母
化粧してると
父がへへへ…へと喜ぶ

リハビリ病院で
長男と初場所を見る
何年ぶりかな
話に花が咲いたのは
二人同時におめでとうと

今どこ
腹減ったよ
早く帰って来て
消去出来ず
このメールだけは

この頃
何だか
無性に
母のこと
想い出して

ドクダミの花
母が大好きと
父が仏壇に
今は私が
お墓にもね

医師の
説明聞く
私と妹に
雲も動かずに
聴いてる

父母の故郷での
五行歌会の帰りに
お墓参りして
温泉で従姉妹達と
昔話をして帰りたい

病室の窓から
雪と桜吹雪が舞って
義姉が入れた珈琲は
しょっぱい味がした
義母の命が消えた日

初めての東京見物で
秋田の義母は
成田山に行きたいと
ウナギは食べたかしら
四〇年も前の事です

古いトランク開けて
ため息ついてた父
汽車賃なく東京に
遠い昔に母から聞いた
東京生まれの私

母は春と秋
実家の手伝いに
そして
お米と一緒に
帰って来た

鮟鱇を食べる旅に
行くはずだったが
あの日の地震で
行けてない
君はもう逝かない

すっぴんの母に
思わず笑った
ごめんなさいね
私長男に地味な
服は着るなと

長男と孫に
お年玉
今年も
本を
友とランチして

姫筍や山菜採り
それぞれの
秘密の場所へ
籠いっぱいで
重いが笑顔の母

こんたら家に
父が大声で怒鳴る
私も一度だけ怒る
誰かと暮らしたら
父の声が止まる

看護師の叔母に
母の言葉伝えに
訪ねたらバナナを
洗ってどうぞと
五十年も昔の話

障害手帳持って
十年になります
妹に頼ってたが
この頃は自分で
行動している

一周忌も納骨も
大雨でお墓に
着いたら雨が止み
父から娘達へ
有難うかな

父が夢で
妹のこと
頼むよと
夢の父に
頷いた私

着物を仕上げて
母が帰って来ると
お菓子とお金が
父が炊いてくれた
大根の煮物がおいしくて

春が来ると
麺類の大好きな
母を思い出します
バケツいっぱいに茹でる
母の名はウメさん

七二年前の事
学校帰りにカバンを
買ってもらい帰り道
桜吹雪の中泣きながら
一年生の私と父

テレビ局で
寅さんに会えた
割り箸の紙に笑顔で
サインしてくれたと
寅さんも義兄もお空に

庭の草取り30分が限度
歳なんだから無理せず
ウルトラマンのように
時間守って動いてと
息子のメッセージ笑い

あの日から十年
今日で十年でも
戻らぬあなたに
涙を流す私は
何をしてたかな

実家に帰ります
夕飯が済むと母
玄関で靴を履く
明日車で送るから
痴呆の始まりでしたね

汽車賃工面して
田舎の兄の
哀しい眼をみて
やっていないが
警察官にはいと

洗濯物風に
吹かれて楽しく
昨日孫と長男
一人暮らしになった
ばあばに会いに

宝くじ7億円か
お父さん
忘れずに
今度は宝くじ
買いますね

母に
後とお化けは
出ないと
叱られたけど
この頃　後でが出る

茅葺き屋根、馬小屋
囲炉裏で祖父がキセルで
煙草更かしてお茶飲んでた
縁側で従兄弟達と遊んだり
遠い昔になった母の実家

鈴蘭の咲く頃
故郷の駅におりたつたびに
気にしてしまう
会わないでお帰りなさい
風が囁く

先生の話をしよう

岩手山が映る
桜の頃上野で
先生の絵を観に
今年も会う友と
先生の話をしよう

岩手山描いてた
先生の笑顔を
テレビで偶然見かけて
水彩画展に涙の再会
サインをでまた涙

岩手山描いてた
先生の笑顔と
廃坑と廃校と
友の声が
さようならと

岩手山が映る
盛岡もいい天気
岩手山を描く先生の
優しいお顔が浮かんで
お空でも描いてますか

転校生に仲良くしてと
二人と六十五年も
先生お空の上から
笑って見てますか
君は優しい子だからと

廃校の片隅に
鉄棒と土俵残ってた
時の忘れものか
スズラン咲いて
思い出を待ってる

友の電話
ペットの世話に
義母の世話に行く
家族の世話に
自分の痛みは後回し

友よ、友よ
青空の雲の上から
下界を見てますか
私の哀しみは雲の
カーテンで隠して

リハビリが終わった日に
桜を見に来ませんか
十年来の約束したままの
お花見のお誘いです
杖を突きながら

次男亡くした友
寒い間長男宅の
ロサンゼルス郊外で
過ごすとハガキ
蠟梅がお留守番

今年もスズラン咲いて
遅い春が来ましたと
閉山の鉱山《やま》にも
友の便りで
ある日、ある人懐かしく

今日も元気に
頑張ってますと
季節の絵と便り
故郷の友から
毎月届きます。

岩手から登って行く
白樺の木々は雪をかぶり
起きぬけの顔で
秋田の山では
蕗のとうが春ですと

お水もお花もなく
春の風に吹かれて
周りは埃だらけで
まだら痴呆の貴女と
お墓参りは悲しかった

友のハガキに
家具等倒れたり壊れたりなく
36時間振りで電気がついた時は
有り難くて涙が出たと
人生いろいろありますねと

熊が出たぞーと
木の上で叫んでる
男の声が木霊する
熊も男もどこに
鉱山の春

桜見頃にと
毎年恒例の
桜眺めながら
豪華にランチ
話に花も咲いて

友が逝く
旦那様の待つ彼方に
娘さんに二人の話を
想い出の廃校と
青春にさようならと

寒がりの
あなたは
風呂場締め切り
倒れて家族四人
一日入院した

五月の鉱山会
今年度も残念ながら
中止のハガキ来る
もう西郷さんの前で
少女、少年の顔に会えない

み〜ちゃったみ〜ちゃった
100円落とした人は
探したが諦めて帰り
足で隠したおばさんが
拾ったお風呂屋でのこと

お〜い雲よ
今日は
下界を見てますか
友に出会ったら
元気ですと

鉛筆で書く
小刀で削った中学の時
隣りの男子にいつも
どうしているかなと
ふと、思った

岩手の道は
白樺林は雪を
被って眠そう
秋田ではばっけが
春ですと囁く

狭山湖から富士山を
眺めて朝夕犬の散歩
一人暮らしの友の便り
三人でミニクラス会
今年はしましょうね。

お花を買ってたら
偶然友に出会った
ベンチであれこれと
話してまたねと
古里の中学の友

友の母亡くなった日
火の玉がスーと夜空に
ブランコに乗り二人
友達でいようねと
七十年もたった今も

写真の整理してたら
セピア色した恩師の
手紙と友の顔の間から
少女の私が覗いてた
友も古里も遠くなり

私
離婚しました
そのハガキが初めてで
最後になり
貴女は風になりました

食中毒でたっ君だけ
目を覚まさない
お花畑に向かったら
誰かに呼ばれたので
眠りから起きたんだ

東京に来て
初めて買った本
大事に本箱に
作家の先生
あの世でサイン下さい。

太鼓の音が
ど～ん　どう～んと
踊っている人混みの中
ぼくとブランコも
夜空に揺れ揺れて

十五の君は
腹減った、寝る、金。
今の君は
お金足りてるかい
いつでも言ってと

楽園の国へと
一人で帰りますと
新聞配達の
おじさん
幸せに暮らしてますか

三歳の女の子と
おしゃべりして
東京弁に直した
アクセントを
笑ったりしない

ホームレスの君
お腹空かせて来た
ご飯しっかり食べて
お金も持たせたが
今どうしているかな

断捨離して
先ずは写真を
友や親戚の所
ありがとうと
遠い昔に帰り

まだ七八歳です

新しい知識が
脳を活性化させます
いくつになっても
遅すぎることはない
私まだ七八歳です

風の電話
ボックスがあると
いつの日にか
私も
話に行こう

シャボン玉飛んだ
哀しみ、忘れずに
御巣鷹山の空高く
七色のメロディー
虹になって飛んだ

千葉のモノレールは
十日に一度はシャワーを
浴びると
それをカラスが電線に止まって
うらやましそうに見てたとさ

お相撲は
勝っても
どんなに嬉しくても
顔に表してはならないと
親方からきつく言われてる

親が離婚した
子供には罪がない
でも
誰かが助けてくれる
そして大人になる

アルツハイマー病とは
脳に溜まったゴミとか
初期に治療すれば
9割が回復に成功するとか
その初期がわからない

認知症予防に
塗り絵で
脳が若返ると
本当かな
本屋に行こうと

仔猫は母猫を呼ぶ時や
仔猫達と遊ぶ時に
ニャーニャーと鳴く
大人になると人間に
向けて鳴くんですと

燃えてる燃えてる
子供もいるから
ゆっくり開けて
電車とトラックが衝突
妹の駅の近くだ

高齢者も
狙われる
闇の詐欺師
言葉巧みに
親切にされて

野球と
恋愛してました
星野氏が亡くなったと
ラジオから
寒い朝に聞いた

来年は
気を付けて
特殊詐欺が
流行ると
テレビが話す

テレビで見たっけ
美しい人は美しく
それなりの人は…に
皺もシミも齢とともに
それなりに私も

連日の追悼番組
悲しいのに
笑ってしまうから
見られない
大丈夫だ…と

匂い消しになると
緑茶でガラガラと
最近は脳にもいい
刺激になるとか
休まず続けてみよう

歳を重ねただけでは
人は老いないと
理想を失うと
初めて老いる
今日も笑顔で

嫌なことは
数えるな
いいことは
数えると
きっといい日に

ちばてつや氏
少女漫画
ユキの太陽
1963年の
読んで見たくなり

早いものですね
今日は節分です
テレビの豆まきを
猫達が追いかけてる
私も楽しんでる

ラジオが
神田沙也加さん
亡くなったと
星野仙一氏も
寒い朝ラジオから

秋作成と呼ばれるものが
出荷のピークらしい
アムスメロンは
1970年代に
日本で開発されていた

何にも考えないで
ゲラゲラ笑ってる
そんな一日が
あってもいいと
誰かさんが言ってた

中国の若者達の
間で横たわり族が
拡散していると
教養社会に嫌気がして
働く意欲がなくなったと

うっせぇうっせぇと
トイレの掃除してる私
ご飯早く食べたいと猫達が
騒ぐ。昔は子たちがお金を
くれと今は私が貰います。

滋さん亡くなって一年
横田早紀江さん
この空を娘も見て
いるだろうかと
早く会えますように

私も横たわり族？
年金受給者で
暮らしている
私達は頑張って
働いたからです

増田明美さんの
人生案内の答え
最後の言葉心に
菜の花咲かせてと
ほっこりします。

小林旭です
まだ生きてます。
もう私だけです
と笑って歌が始まる
奥様亡くしている

ある国の男性が
ペットボトルに水入れて
庭に置くと猫が来ないと
エイプリルフールの日で
世界中に拡散したと

二〇〇万都市の明かり消えた
観光名所も星を見るだけ
星がこんなに綺麗だとは
ため息ついてる
人、人、人、

今日は長崎の
平和祈念式典
八月六日広島の
どちらも見学に
黙とう涙と汗が

手でギュとして
水を切ってから
ごみ袋に入れると
ゴミ収集車に
沢山入るとか

地震です地震ですと
携帯がうるさくなく
どこですかと
石川県震度7ですと
大変だと起きた朝

私のステイホーム

火曜日に
医院で薬と注射
郵便局に行って
一週間分の買い物
私のステイホーム

昨日4回目の
コロナの注射を
暑い日が続いたので
朝3回も測ってから
医院に行きました

コロナと大雪で
兵庫県に逃げて来た
娘の所でそれは
それは春ですと
岩手の友花便り

リハビリで散歩してる
男性に毎日の
おはようございますと
26日に注射打ちます
挨拶以外では始めてで

ワクチンの予約
いつもの医院
テレビで見たら
針が長くて痛そう
打たないとね

母の歳を越えた
元気ですと
伝えたいが
コロナ禍でお墓に
行けないごめんね

札幌から雪便り
健康の為に雪掻きさ
コロナで婆も動く
笑った顔が哀しそう
今年は早いとテレビが

コロナ禍で
自粛で退屈し
今日も文庫本
何冊か買って
読んで疲れて

知られざる
路地裏歩き
銀座編ツアーズ
楽しみにが
コロナで駄目に

雨ばかりの七月
ネコ達も網戸に
顔つけて窓開けて〜
と、天気にな〜れと
コロナ早く終わって

チョコよりあずきアイス

チョコより
あずきアイスが
いいと君が
いない
バレンタインデー

君からの電話
声が元気でよかった
また逢いたいね
私も
いつの日にか

あの日
貴方と
飲んだ
アイス珈琲
熱かった

君と二十歳で会い
口紅をつけて大人になる
ネイルサロン行って
六月の今日私は
後期高齢者になる

誰かに
ラブレター書こう
妄想して
眠れない夜は
宛先のない手紙を

女優のように

腰治療今年は終わり
女優のように前を
しっかり見て歩いて
頑張って先生の言葉
私の姿勢を邪魔する猫

防犯パトロール日
警察手帳見せて
お供させて下さいと
後一年で退職ですと
お巡りさん

歩きましょう
歩きましょう
健康は
脚からです
歩きましょう

新幹線とバスで
お祭りを見る旅に
宿には遅く着くから
温泉は浸かるだけ
二泊三日の疲れ旅

お風呂上り
綺麗にお化粧しながら
一人は気楽ですと
話しかけてきた老女
後姿は寂しそうお元気で

いつの間にか
角の公衆電話
撤去されて
電信柱に
パチンコ店の広告に

テレビ見ながら
珈琲飲みながら
本読んで次は何をするんだっけ
ま、いいか
ゆっくり考えよう

手提げバッグから
大根の葉っぱ顔出してる
電車の中
早くお家に帰りたいと
ユラユラ揺れて

散歩の途中に
風に乗ってる鯉のぼり
大きな口開けて
お庭の前で歌ってる
保育所の子たちが

公園のベンチで
老女が本読んでる
散歩の帰り道
今日は座れないと
夕焼け見上げるワンちゃん

迎賓館見学
蝉が賑やかにお出迎え
すしざんまいで食事
築地場外市場散策
いい天気のバスの旅

手帳に
一行日記書いてます
今日からは
ぶらぶら体操も
仲間入り

鉄道旅で出会った
林檎畑剪定してる
雪の中
美味しく食べられるのは
お天道様のお陰ですと

旦那さんの
病悪くなったの
ゴミ袋持つ
奥さんの
若さが　消えてる

ピンポンパンこちらは
迷人を捜しています
心当たりの方は・・・へ
風に乗って聞こえてくる
昼寝の私に

いつものバス停で
大きな声で降りますと
やっと降りた　そうか
ロッテマリーンズの
試合がある日だ

学童保育帰り
妹の話聞いてる
姉の優しいえがお
風も頬にやさしく
家路急ぐ二人に

ユニクロの大袋
持ってた黒人青年
お爺を手招きして
席譲って
お爺も笑顔で座る

後期高齢者は
暇はたっぷりあるが
たまるのは診察券
今日も診察に
お金は飛んで行く

もうすぐ夏休み
手を上げる子供達
若きも老いも
自転車も車も
信号を守ってね

命を運ぶ
病院の引っ越し
一分で着くが
五分おきに一人
ゆっくり、ゆっくり

60代夫婦の心配は
自分の老後より
猫の老後ですと
娘に頼んで
私の保険でと

二輪車で変わりばんこ
水筒も変わりばんこに
飲みながら公園で遊ぶ
麦わら帽子が可愛い
ポニーテールの双子の子

バス停の前
白杖の人が来る
みんなどいてと
大声で
叫んだ私

どっかと座り
パンにかぶりつく男
おちょぼ口でおにぎり
頬張る女学生
電車の夕暮れ

お隣さんも
車が消えて
ピンクと青の
自転車が
駐車場に

スクラップ
貼り付ける
記事を見て
ペタペタと
貼って見た

珈琲飲みながら
新聞じっくり見て
広告もじっくり見て
分からない事調べて
頭と眼が疲れました。

四四歳で免許
毎日のように運転して
無事故無違反で
自主返納しました
七九歳にありがとう

15分バスに乗り
整骨院に腰の治療に
本気で直そうと
毎週1回通ってる
雨の日はちょと辛い

手押し車の姿
一休みしてる
ご挨拶したら
春になったので
お散歩してます

草取りしてたら
おはようございますと
お父さんと女の子
元気に体操しましたと
お父さん嬉しそうに

通せんぼ

階段と
車の窓に
蜘蛛の糸が一本
通せんぼ
したのね

蜘蛛と
てんとう虫が
枯葉と
カサコソと
スキップしてる朝

カサコソと
枯葉と
てんとう虫が
春、春と
散歩してる

屋根の上カラス
空を見上げてる
君のシルエット
今日の君は
カッコいいな

落ち葉の間から
縫い針のような虫動いてた
近づいたら死んだふり
春ですもの
遊んでいってね

腰の痛み忘れて
春の野原に
寝そべって
流れる雲と
大あくび

トンボが車の
アンテナに停まろうと
ぐるぐる回ってる
竿の先と間違えたかな
秋はもうすぐです

大空高く　空高く
夕焼けの間から
大きな大きな虹が
手をつなぎ
ガス灯と縄跳びしてる

小鳥部屋の
雨上りの窓
雲の隙間から
うすく三日月が
笑ってる

季節外れの
台風の去った後の
霧の向こう側に
虹が出て山桜が
紅葉してる

自治会班長に
防犯パトロールの帰り道
空を見上げると
怪獣雲が大きな口開けて
一年間頑張れと

ちょと欠けた
白い月が
真綿のような雲と
並んで
青空の下泳ぐ

今日はいやいやバスに乗る
帰りはバスからニコニコと
赤いジャケット素敵と言われて
美人の介護福祉士さんの言葉に
白い雲も笑ってる

医院の花壇
小さな小さな
向日葵たち
笑顔で咲いてる
駐車場の片隅

キャッチされて
猫たちにもて遊ばれて
隙を見て
子蜘蛛は壁づたいに
逃げていった

季節は秋に
山たちは直ぐに
オシャレを始めた
ワサワサ揺れて
風に乗って

整骨院の帰り
公園に桜の木が
どっしりと立って
その間から5、6本
小枝が紅葉してる

満月の夜
複雑な雲の間をお月様
時々隠れんぼしながら
歩いていきます
ポツンと星一つ離れて

人間も
植物も
季節が
わからない
ぼーとしてる

電車の窓
ぼんやり見てたら
雲がぐうと
ちょきで遊んでる
仲間に入れて

雨上りの庭
カエル君顔出した
頭を傾けてよく見てと
話しかけるように
アジサイの花たち

あっ、ブランコの子達
私もビックリ
カラスがスキップ始めた
祭りの音頭が
流れた途端に

紅葉した
葉っぱの中で
内緒話してる
カサコソと
もうすぐ冬が

毎年今年も
家賃も払わず
子育てして帰る
来年も来てねと
笑って見送る

パンジーの中で
てんとう虫達が
かくれんぼして
猫達いいなぁと
網戸に顔つけて

タンポポさん
ふわふわと
あの人に
私は元気と
伝えてね

てんとう虫は
危険が迫ると
脚の関節から
苦い液体出して
襲うなとメッセージ

医院の窓から
真っ白な雲が
綿菓子のように
モクモクと笑う
チクッとしますよ

大空高く高くと
あっちこっちで
綿菓子のように
雲もモクモクと
昨日梅雨明けた

朝少し元気だから
草取りしました
お隣の庭では
蝉さんも賑やかに
鳴いて楽しそうだ

転ぶ練習しよう

追い越されても
転ばないように
転ぶ練習しよう
怪我をしないように
誰かさんの言葉

生きていれば
辛いことも
楽しいことも
あります
生きていればこそです

小さなため息
つきながら
幸せかなと
呟いてみた
私の心に

馬鹿だね
馬鹿だね
歌の文句ではないけど
時々馬鹿になる
私です

人生の流れに沿って
卒業アルバムの言葉
何度も挫折？ したりして
頑張りながらきたかしら
まだ分からない私

私の
人生〜〜〜に
ドラマチックはないが
ゆっくりと
齢を重ねて行く

今日も朝は来る
昨日とは違う風が吹いて
後期高齢者にと
今日からはひとりでも
愉しく歩む

学歴も
知識も
教養も
ないけど
常識は少しありかな

歳を重ね
よろこびもかなしみも
あったけど
人生は一度きりで
戻るボタンはない

心が動けば体が動く
能力のない人はいないない
人生は
何事も頑張れば
ゴールに届くかも

私後期高齢者に
おはようと太陽浴びて
転倒しないように歩く
珈琲飲みながら想う
誰にも老いは来ると

大事なのは
過去ではなく
今したいこと
これからの私
先ず片付けて

この頃の
私って変です
母に似て来た
痴呆の入り口
入ったかなと

梅暦とは
春を待つこと
春一番吹いて
啓蟄で虫たちも
私もそろそろね。

歳を取ると
シワと知り合いと
診察券は増えるが
友達とは別れていく
寂しいですね。

人生100年時代
欲張らなければハッピー
これからは楽しかったと
面白く人生を
生きてみようかな

長男に話したら
車椅子と手押し車
すぐ買って届けてくれた
車椅子はまだいらない
長男の家に預かりに

9日ぶりに
火曜日注射して、薬を
買い物をして
1年が始まります
募金箱にも

おめでとうと
大空を
羽ばたいて見たいが
転ばないように
歩いて一年を

跋

草壁焰太

この歌集の「猫達もウトウト」を読んでいて、ふしぎな気がした、私は猫が書いた五行歌を読んでいるのだと、錯覚していたのである。もちろん、ＳＯＲＡさんの歌集だとは承知していたのだが、作者の目線や気持ちが猫とあまりにも変わらないので、そういう錯覚をしたのだろう。

昼寝から起きたーと
キャキャと
本読んでる私めがけて
走って来る
仔猫のさくら

一番の暴れん坊が
あの地震の日に
ベッドに三日も隠れて
ご飯食べずに震えてた
猫のまる

こんなに猫らしい歌を書いた人は、いままでいなかったかもしれないな、と思った。彼女は、猫と一緒にいるときは、猫になりきっているのであろう。だから十三匹の猫と暮らして、猫歌を書いて生活が楽しめるのである。思い出話や日常の歌もいい。

七二年前の事
学校帰りにカバンを
買ってもらい帰り道
桜吹雪の中泣きながら
一年生の私と父

トンボが車の
アンテナに停まろうと
ぐるぐる回ってる
竿の先と間違えたかな
秋はもうすぐです

よい晩年を過ごしているようだ。

四四歳で免許
毎日のように運転して
無事故無違反で
自主返納しました
七九歳にありがとう

あとがき

私が五行歌に出会ったのは、ある日新聞を読んでいて、です。「五行で書くだけ」との記事、そして柏教室（読売・日本テレビ文化センター）の案内がありました。

柏教室の間中淳子先生はどんな歌も褒めてくれました。

それから、のだ歌会で三友伸子さんに出会い、のだ歌会にも出席するように。

時々のだ歌会に出席される焔太先生にお会いできました。帰りの電車で焔太先生と天野七緒さんと話しながら帰ることもよくありました。そのときに、「書けない時でも頑張って書いて五行歌会に出すといい」と言われて、頑張って五行歌書いていこうと思えました。

お世話になっている皆さん、いつもお会いすると先に声をかけて下さる三好叙子さんの笑顔に、ありがとうございます。水源純さん、お電話でいつもありがとうです。

私の拙い歌を、これを五行歌といっていいのかなと、まだ迷いながら。

２０２４年５月

ＳＯＲＡ

五行歌五則［平成二十年九月改定］

一、五行歌は、和歌と古代歌謡に基いて新たに創られた新形式の短詩である。

一、作品は五行からなる。例外として、四行、六行のものも稀に認める。

一、一行は一句を意味する。改行は言葉の区切り、または息の区切りで行う。

一、字数に制約は設けないが、作品に詩歌らしい感じをもたせること。

一、内容などには制約をもうけない。

五行歌とは

五行歌とは、五行で書く歌のことです。万葉集以前の日本人は、自由に歌を書いていました。その古代歌謡にならって、現代の言葉で同じように自由に書いたのが、五行歌です。五行にする理由は、古代でも約半数が五句構成だったためです。

この新形式は、約六十年前に、五行歌の会の主宰、草壁焰太が発想したもので、一九九四年に約三十人で会はスタートしました。五行歌は現代人の各個人の独立した感性、思いを表すのにぴったりの形式であり、誰にも書け、誰にも独自の表現を完成できるものです。

このため、年々会員数は増え、全国に百数十の支部があり、愛好者は五十万人にのぼります。

五行歌の会　https://5gyohka.com/
〒162-0843東京都新宿区市谷田町三―一―九
川辺ビル一階
電話　〇三（三二六七）七六〇七
ファクス　〇三（三二六七）七六九七

SORA　（田澤房子）

1941年6月 東京都中野区生まれ。
現在、娘、孫、猫10匹と、千葉の
幕張メッセの近くで暮している。
時々息子夫婦の世話になりながら。

そらまめ文庫 そ 1-1

また明日

2024年6月29日　初版第1刷発行

著　者　　SORA
発行人　　三好清明
発行所　　株式会社 市井社
〒162-0843
東京都新宿区市谷田町3-19 川辺ビル 1F
電話　03-3267-7601
http://5gyohka.com/shiseisha/

印刷所　　創栄図書印刷 株式会社

装丁　　しづく
イラスト　　マチノマチ

ISBN978-4-88208-212-5

そらまめ文庫

い 1-1	白つめ草	石村比抄子五行歌集
い 2-1	風　滴	唯沢　遥五行歌集
お 1-1	だいすき	鬼ゆり五行歌集
お 2-1	だらしのないぬくもり	大島健志五行歌集
お 2-2	オールライト	大島健志五行歌集
お 3-1	リプルの歌	太田陽太郎五行歌集
か 2-1	ヒマラヤ桜	神部和子五行歌集
く 1-1	恋の五行歌　キュキュン200	草壁焰太　編
く 2-1	コケコッコーの妻	桑本明枝五行歌集
く 2-2	緑の星	桑本明枝五行歌集
こ 1-1	雅 ―Miyabi―	高原郁子《こうげんかぐわし》五行歌集
こ 1-2	紬 ―Tsumugi―	高原郁子《こうげんかぐわし》五行歌集
こ 1-3	奏 ―Kanade―	高原郁子《こうげんかぐわし》五行歌集
さ 1-1	五行歌って面白い　五行歌入門書	鮫島龍三郎　著
さ 1-2	五行歌って面白いⅡ　五行歌の歌人たち	鮫島龍三郎　著
さ 1-3	喜劇の誕生	鮫島龍三郎五行歌集
さ 2-1	備忘録	佐々木エツ子五行歌集
な 1-1	詩的空間 ―果てなき思いの源泉	中澤京華五行歌集
な 2-1	あの山のむこう	中島さなぎ五行歌集
ふ 1-1	故郷の郵便番号　夫婦五行歌集	浮游&仁田澄子五行歌集
ま 1-1	また虐待で子どもが死んだ	まろ五行歌集
ま 2-1	こんなんどうや？	増田和三五行歌集
み 1-1	一ヶ月反抗期　14歳の五行歌集	水源《みなもと》カエデ五行歌集
み 1-2	承認欲求	水源《みなもと》カエデ五行歌集
み 2-1	まだ知らない青	水源《みなもと》　純五行歌集
み 3-1	環境保全活動	美保湖五行歌集
や 1-1	宇宙人観察日記	山崎　光五行歌集
ゆ 1-1	きっと　ここ ―私の置き場―	ゆうゆう五行歌集

※定価はすべて 880 円（10%税込）です